奎文萃珍

唐詩艷逸品

［明］楊肇祉 輯

文物出版社

圖書在版編目（ＣＩＰ）數據

唐詩艷逸品 / (明) 楊肇祉輯. -- 北京 : 文物出版社, 2019.8
（奎文萃珍 / 鄧占平主編）
ISBN 978-7-5010-6160-0

Ⅰ. ①唐… Ⅱ. ①楊… Ⅲ. ①唐詩－詩集 Ⅳ. ①I222.742

中國版本圖書館CIP數據核字(2019)第103038號

奎文萃珍
唐詩艷逸品 〔明〕楊肇祉 輯

主　　編：鄧占平
策　　劃：尚論聰　楊麗麗
責任編輯：李縉雲　劉良函
責任印製：張　麗

出版發行：文物出版社
社　　址：北京市東直門内北小街2號樓
郵　　編：100007
網　　址：http://www.wenwu.com
郵　　箱：web@wenwu.com
經　　銷：新華書店
印　　刷：藝堂印刷（天津）有限公司
開　　本：710mm × 1000mm　1/16
印　　張：16
版　　次：2019年8月第1版
印　　次：2019年8月第1次印刷
書　　號：ISBN 978-7-5010-6160-0
定　　價：90.00圓

序言

《唐詩艷逸品》，不分卷，明楊肇祉輯。明萬曆刻本。二册。半頁八行，行十八字，白口，四周單邊。

楊肇祉，生平不詳。該書卷端題『武林楊肇祉君錫甫集選』，可知楊肇祉爲浙江杭州人，君錫或爲其字。除《唐詩艷逸品》之外，楊肇祉另輯有《詞壇艷逸品》四卷。

此書是一部唐詩選本，前有楊肇祉所撰『唐詩艷逸品叙』及凡例。全書分爲四集：《唐詩名媛集》選録唐詩中有關歷代名媛的詩，涉及王昭君、虢國夫人等三十一位名媛，『所記名妃淑姬、聲妓孽妾，凡寫其志凜秋霜、心盟匪石、遞密傳悰者咸載焉』；《唐詩香奩集》選録唐詩中有關閨閣之事的詩，『有事跡不傳、而但咏其窈窕之姿以兼閨閣之用者載焉』；《唐詩觀妓集》選録唐詩中歌咏妓女的詩，『觀者，以我觀之者也』，『故必嬌歌艷舞，足以起人之幽懷、發人之玄賞者』；《唐詩花卉集》選録唐詩中有關咏花的詩，涉及杏花、梨花、石榴花等數十種。

楊肇祉在叙中言，其對於『品唐詩者，數以初、盛、晚三變爲定品』不以爲然，認爲『三變之品，時也，非品也』。作者吟咏唐詩時，『於名媛、香奩、觀妓、名花諸篇偶有所得』，認爲『以唐詩之艷逸者，首此四種』，故而輯刊此書。

是書初刻於明萬曆時，《唐詩花卉集》凡例後有『萬曆戊午年仲夏發刊』字樣。天啓時烏程閔一栻略加編次，增以眉批，刻有朱墨套印本，流傳遂廣。清時僅有據天啓刻版重印本，未見重刻。鄭振鐸先生在跋明萬曆刻本《唐詩艷逸品》時說：『此書朱墨本已罕見。萬曆原刊本則更絶無僅有。首附《百美圖》，《百美圖》人物畫法類仇十洲，尤可珍秘也。』

謝冬榮

二〇一九年六月

唐詩豔逸品叙

品唐詩者類以初盛晚三變為定品三變之品時也非品也作

詩者不一人諸品具
標品詩者不一人隻
眼各别有如俎豆一
陳水陸畢備滿前珍

錯下箸爲難余稚曾
無能不鮮風人之旨
而晴窻靜几諷咏唐
詩于名媛香奩觀妓

名花諸篇偶有所得
非獨鍾情於佳人佚
女麗草疏花也以唐
詩之豔逸者首此四

種艷如千芳絢綵萬
卉爭妍明滅雲華飄
搖枝露青林鬱楚丹
巘蔥蒨而一段巧綴

英雞姿態醒目逸如
湖頭孤嶼山上清泓
寉立松陰蟬翳蘿幌
碧柯翹秀翠篠修纖

而一種天然意致機趣動人與余艷逸品所由刻也若謂艷逸非所以品唐詩余亦

甘之矣

楊肇祉君錫甫題

名媛凡例

一所記名妃淑姬聲妓孽妾凡寫其志凜秋霜心盟匪石遞寂傳悰者咸載焉

一宮怨閨情多有以傳寂寞之情寫見在之景令讀之者不能起艷逸之思遣塲離索之悲者不載

一幽禁中自有一種手姿落寞中另有一種

妖冶所謂益悲憤而益堪憐者斯載
有泛咏美人不紀其生平之踪跡但寫一
身之手韻者自有奩集可載不入于此
一名妓列具行藏者載傳青樓烟館々跡者
不載

唐詩名媛集目

○○儲光羲 四首　○○庾信

○董思恭　○○張文琮

○張垣　○駱賓王

○宋之問　○○陳標

○白居易　○李白

○劉長卿

楊貴妃 五首

○王之渙　○○李白 四首

○王維　○○徐彥伯

○李咸用　○崔國輔二首

○○王昌齡四首　○趙嘏

○李白　○○庾信

西施四首

○羅隱　○○李白二首

○○王維

湘妃二首

○李白　○劉長卿

宋態宜 二首

○李涉 二首

薛瑤英 二首

○楊炎　○○賈至

行雲 一首

○鄭史

叚東美

○薛宜僚

王福娘一首

○○孫棨

碧玉娘一首

○于鵠

薛濤一首

○胡曾

段七娘一首

○○溫庭筠

馮小憐 一首

○李賀

比紅兒 四首

○○羅虬

李雍容 一首

○○韓偓

真珠 一首

目終

唐詩名媛集

武林楊肇祉君錫甫集選
友人李宇參仲三甫校閱

虢國夫人　張祜

楊妃第三姨也封虢國賜錢十萬為脂粉貲然虢國不施粧粉自衒美艷常素面朝天

虢國夫人承主恩。平明上馬入宮門。却嫌脂粉

汙顏色淡掃蛾眉朝至尊

昭君　白居易

即王嬙也元帝時後宮既多不得常見乃使畫工圖其形按圖召幸宮人皆賂畫工昭君自恃容貌獨不與工乃醜圖遂不得見匈奴入朝求美人為閼氏帝按圖以昭君行及去召見貌為後宮第一善應對舉止閑雅帝悔之而名籍已

定方重信於外國故不復更人乃窮其事畫工等盡棄市昭君至匈奴單于大悦昭君恨不見遇乃作怨思之歌後人因是以作昭君怨

滿面胡沙滿面風。眉銷殘態臉銷紅。愁苦辛勤顦顇盡。如今却似畫圖中。

二

漢使却回憑寄語。黃金何日贖蛾眉。君王若問妾顏色莫道不如宮裏時。

昭君怨　李白

昭君拂玉鞍。上馬啼紅頰。今日漢宮人。明朝胡地妾。

昭君詞　二首　東方虬

漢道方全盛。朝廷足武臣。何須薄命妾。辛苦遠和親。

二

掩淚辭丹鳳銜悲向白龍單于浪驚喜無復舊時容

昭君怨

崔國輔

漢使南還盡胡中妾獨存紫臺錦望絕秋草不堪聞

昭君

李商隱

毛延壽畫欲通神忍為黃金不為人馬上琵琶行萬里漢宮長有隔生春

明妃 即昭君也　　楊淩

漢國明妃去，不還馬駝絃管向陰山。匣中縱有菱花鏡，羞對單于照舊顏。

昭君 二首　　令狐楚

錦車天外去，毳幕雪中開。魏闕蒼龍遠，蕭關赤鴈來。

二

仙娥今下嫁，驕子自同和。剗戟歸田盡，牛羊繞寞多。

昭君怨 二首　郭元振

自嫁單于國。長衡哭掖悲。容顏日顦顇。有甚畫圖時

二

聞有南河信。傳聞殺畫師。始知君惠重。更遣畫蛾。眉

昭君　儲光華

西行隴上泣胡天南向雲中指渭川毳幕夜來
時宛轉何由得似漢王邊

二

胡王知妾不勝悲樂府皆傳漢国辭朝來馬上
箜篌引稍似宮中閑夜時

三

日暮驚沙亂雪飛傍人相勸易羅衣强來前殿
看歌舞共待單于夜獵歸

四

彩騎雙雙引寶車羌笛兩兩奏胡笳若為別得橫橋路莫隱宮中玉樹花

昭君　　庾信

斂眉光祿塞遙望夫人城片片紅妝落雙雙淚眼生冰河牽馬度雪路抱鞍行胡風入骨冷夜月照心明方調琴上曲變作胡笳聲

昭君　二首　　董思恭

琵琶馬上彈。行路曲中難。漢月正南遠。燕山直北寒。鬢髮風拂亂。眉態雪沾殘。斟酌紅顏改。徒勞握鏡看。

二

新年猶尚小。那堪遠聘秦。裾衫沾馬汗。眉態染胡塵。舉眼無相識。路逢皆異人。唯有梅將李。猶帶故鄉春。

昭君怨

張文琮

戒途飛萬里迴首望三秦忽見天山雪還疑上
苑春玉痕垂粉淚羅袂拂胡塵焉得胡中曲還
悲遠嫁人

王昭君　駱賓王

斂容辭豹尾緘怨度龍鱗金鈿明漢月玉箸染
胡塵古鏡菱花暗愁眉柳葉嚬唯有清笳曲時
聞芳樹春

昭君怨　宋之問

非君惜鸞殿。非妾妬蛾眉。薄命由驕虜。無情是畫師。嫁來胡地日。不並漢宮時。辛苦無聊賴。何看馬上辭。

二

圖畫失天真容蕭坐誤人。君恩不可再。妾命在和親。淚點關山月。衣銷邊塞塵。一聞陽鳥至。思絕漢宮春。

昭君　　陳標

掌上恩移玉帳空。香珠滿眼泣春風。飄零怨柳。愁。眉翠。狼藉愁。桃墜。臉紅。鳳輦祇應三殿非。鶯聲不散五湖中。笙歌處處迴天聽、獨自無情長信宮。

明妃　　白居易

明妃風貌最娉婷、合在椒房應四星、只得當年備宮掖、何曾專夜奉幃屏、見疎從道迷圖畫。知屈那教配虜廷。自是君恩薄如紙。不須一向恨丹青。

明妃曲　李白

漢家秦地月流影送明妃。一上玉關道。天涯去不歸。漢月還從東海出明妃西嫁無來日臙脂。長寒雪作花媚眉顦顇沒胡沙生乏黃金枉圖畫死留青塚使人嗟。

昭君歌　劉長卿

自矜驕豔色不顧丹青人那知粉繪能相負。却

使容華翩誤身、上馬辭君嫁驕虜。玉顔對人啼不語。非風雁急浮雲秋。萬里獨見黃河流。纖腰不復漢宮寵、雙蛾長向胡天愁。琵琶絃中苦調多、蕭蕭羌笛聲相和。誰憐一曲傳樂府、能使千秋傷綺羅。

楊妃剪髮　王之渙

楊貴妃小字玉環開元二十二年歸於壽邸二十八年玄宗幸温泉宫使高力

士取楊氏女既見之日奏霓裳羽衣曲
上喜甚寵傾後宮一夕竊寧王玉笛吹
忤旨放出中使張韜光送妃至宅妃泣
謂光曰請奏妾罪合萬死衣服之外皆
聖恩所賜唯膚髮是父母所生今當即
死無以謝上乃剪髮一束付光以献妃
既出上憮然至是光以髮搭於肩上以
奏上大驚急使力士召歸

青絲一縷淨雲鬟。金剪刀鳴不忍看。特問君王寄幽怨。可能從此住人間。

貴妃宮中行樂詞四首　李白

柳色黃金嫩。梨花白雪香。玉樓巢翡翠。金殿鎖鴛鴦。選妓隨雕輦。徵歌出洞房。宮中誰第一。飛燕在昭陽。

二

小小生金屋。盈盈在紫微。山花插寶髻。石竹繡

羅衣。每出深宫裏。嘗隨步輦歸。只愁歌舞散。化作綵雲飛

三

玉樹春歸日。金宫樂事多。後庭朝未入。輕輦夜相過。笑出花間語。嬌來竹下歌。莫教明月夜。留着伴嫦娥。

四

今日明光裏。還須結伴遊。春風開紫殿。天樂下

珠樓豔舞全知巧。嬌歌欲半羞。更憐花月夜。宮女笑藏鈎。

阿嬌怨　　王昌齡

漢武帝為膠東王時長公主嫖有女欲與王婚景帝未許後長主還宮膠東王數歲長主抱置膝上問曰兒欲得婦否長主指左右數百人皆云不用指其女曰阿嬌好否笑對曰好若得阿嬌當作

金屋貯之長主乃強帝遂成婚焉擅寵
十餘年而無子元光五年廢居長門宮
后退聞司馬相如工文章奉黄金百斤
令為解愁之詞曰長門賦帝見而傷之
復得親幸後人因其賦而為長門怨也
芙蓉不及美人粧水殿風來珠翠香却恨含啼
掩秋扇空懸明月待君王
二

望見葳蕤舉翠華試開金屋掃庭花須臾宮女
傳來信言幸平陽公主家

長門怨　　劉皁

宮殿沉沉月色分昭陽更漏不堪聞珊瑚枕上
千行淚不是思君是恨君

長門怨　　裴交泰

自閉長門經幾秋羅衣濕盡淚空流一種娥眉
明月夜南宮歌管北宮愁

長門怨 二首　　女郎劉媛

雨滴梧桐秋夜長愁心和雨到昭陽淚痕不學
君恩斷拭却千行更萬行

二

學畫蛾眉獨出群當時人道便承恩經年不見
君王面花落黄昏空掩門

長門妃怨　　王昌齡

春風日日閉長門揺蕩春心自夢魂莫遣花開

只問妾不如桃李正無言

長門妃怨　　劉言史

獨坐爐邊結夜愁暫時恩去亦難收手持金筯垂紅淚亂撥寒灰不舉頭

長門怨二首　　王貞白

寂寞故宮春殘燈曉尚存從來非妾過偶尔失君恩花落傷容鬢鶯啼驚夢魂翠華如可待應免老長門

葉落長門靜苔生永巷幽相思對明月獨坐向
空樓鸞駕迷終轉娥眉老自愁昭陽歌舞伴此
夕未知秋

長門妃怨　　岑參

君王嫌妾妬閉妾在長門舞袖垂新寵愁眉結
舊恩綠錢侵履跡紅粉濕啼痕羞被夭桃笑看
春獨不言

班婕妤　　王維

婕妤徐令彪之姑况之女美而能文初
為帝所寵幸後趙飛燕姊弟冠於後宮
自知見薄恐久見危求供養太后於長
信宮帝許焉乃退作紈扇詩以自傷悼
後人傷之為婕妤怨一作長信宮怨

恠來粧閣閉朝下不相迎總向春園裏花間笑
語聲

婕妤怨　　徐彥伯

花枝出建章。鳳管發昭陽。借問承恩者。雙蛾幾
許長。

婕妤怨　李咸用

莫恃芙蓉開滿面。更有身輕似飛燕。不得團圓
長近君。珪月鈋時泣秋扇

長信宮怨　崔國輔

奉箒平明秋殿開。且將團扇共徘徊。玉顏不及
寒鴉色。猶帶昭陽日影來。

二

西宮夜靜百花香欲捲珠簾春恨長斜抱雲和
深見月朧朧樹色影昭陽

長信妃怨 四首　王昌齡

金井梧桐秋葉黃珠簾不捲夜來霜熏籠玉枕
無顏色臥聽南宮清漏長

二

高殿秋砧響夜闌霜深猶憶御衣黃銀燈青瑣

裁縫歇，還向金城明主看。

三

真成薄命久尋思，夢見君王覺後疑。火照西宮知夜飲，分明複道奉恩時。

四

長信宮中秋月明，昭陽殿下擣衣聲。白露堂前細草迹，紅羅帳裏不勝情。

長信妃　錢起

長信螢來一葉秋蛾眉淚盡九重幽鳷鵲觀前明月度芙蓉闕下絳河流鴛衾久別難爲夢鳳管遥聞更起愁誰分朝陽夜歌舞君王玉輦正淹留

長信宮妃怨　李白

月皎昭陽殿霜清長信宮天行乘玉輦飛燕與君同更有歡娛處承恩樂未窮誰憐團扇妾獨坐怨秋風

長信宮妃　　庾信

拭啼辭戚里迴顧望昭陽鏡失菱花影釵除却月梁腰圍無一尺垂淚有千行綠衫承馬汗紅袖拂秋霜別曲真多恨哀絃須更長

西施　　羅隱

越人初浣沙于苧蘿村後越王役于會稽歸賣西施獻于吳、王寵之因以亡國吳亡大夫范蠡移舟潛載去歸於五

湖

家國興亡自有時。吳人何苦進西施。、、若解傾吳國。越國亡時又是誰。

西施醉舞　李白

風動荷花水殿香。姑蘇臺上宴吳王西施醉舞嬌無力。笑倚東窗白玉牀。

西施　李白

西施越溪女。出自苧蘿山。秀色掩今古。荷花羞玉顏。浣沙弄碧水。自與清波閑。皓齒信難開。沉凝碧雲間。勾踐徵絶艷。揚蛾入吳關。提攜館娃宮。杳渺詎可攀。一破夫差國。千秋竟不還。

西施詠　　王維

艷色天下重。西施寧久微。朝為越溪女。暮作吳宮妃。賤日豈殊衆。貴來方悟稀。邀人傅脂粉。不自着羅衣。君寵益驕態。君憐無是非。當時浣紗伴。莫得同車歸。持謝鄰家子。效顰安可希。

湘妃怨　　李白

二妃愁處雲沉沉。二妃怨處湘江深。商人酒滴廟前草、蕭索風生斑竹林。

湘妃　　劉長卿

帝子不可見、秋風來暮思、嬋娟湘江月、千載空蛾眉。

宋態宜　湖州妓　　李涉

長憶雲仙至小時、芙蓉頭上綰青絲。當時驚覺高唐夢。唯有如今宋玉知。

二

陵陽夜宴使君筵。解語花枝在眼前。自從明月西沉海。不見嫦娥二十年。

薛瑤英　　楊炎

雲而淡眉天上女。鳳簫鸞翅欲飛去。玉山翹翠步無塵。楚腰如柳不如春。

贈薛瑤英　　賈至

舞怯銖衣重笑疑桃臉開方知漢承帝虛築避風臺

行雲 南妓後從居北　鄭史

最愛鉛華薄薄粧更兼衣着又鵝黃從來南國名佳麗何事今朝在北行

別段東美 青州妓　薛宜僚

阿母桃花方似錦王孫草色正如煙不須更向滄溟望惆悵歡情又一年

王福娘　孫棨

移壁迴窗廢幾朝，指環偷解博蘭椒。無端鬭草輸隣女，更被拈將楊柳腰。

碧玉娘　于鵠

新繡籠裙荳蔻花，路人笑上返金車。霓裳禁曲無人解，暗問梨園弟子家。

薛濤　胡曾

一门薛校書善爲名重洛陽

萬里樓臺女校書琵琶花下閉門居掃眉才子
知多少管領春風揔不如

段七娘　　　　李白

羅襪凌波生網塵那能得計訪親情千杯綠酒
何辭醉一面紅粧惱殺人

綠珠　　　　李昌符

洛陽佳麗與芳華金谷園中見百花誰遣當年
墜樓死無人巧笑破孫家

去妾綠珠　　崔郊

公子王孫逐後塵。綠珠垂淚滿羅巾。侯門一入深如海。從此蕭郎是路人

寄非烟　　趙象

武氏妾象見之作詩以寄非烟亦作詩答焉後遂有私

一覩傾城貌。塵心只自猜。不隨蕭史去。擬學阿蘭來。

關盼盼　白居易

黃金不惜買蛾眉。揀得如花四五枝。歌舞教成心力盡。一朝身去不相隨。

崔娘　楊巨源

清潤潘郎玉不如、中庭蕙草雪銷初。風流才子多春思、腸斷崔娘一劄書。

息夫人　王維

蔡哀侯娶于陳息侯亦娶焉息侯將歸

過蔡〻侯止而見之弗賓息侯怨使謂楚王敗蔡〻侯為華故繩息嬀以語楚子如息以食入享滅息以息嬀歸生堵敖及成王未言楚子問之對曰吾一婦人而事二夫縱弗能死其又奚言

莫以今時寵能忘舊日恩看花滿眼淚不共楚王言

盧姬篇　崔顥

魏武帝時人故將軍陰升之姊七歲入
漢宮善鼓琴至明帝崩出嫁為尹更生
妻

盧姬少小魏王家。綠鬢紅唇桃李花。魏王倚樓十二重。水精簾箔繡芙蓉白玉欄杆金作柱樓上朝〻學歌舞前堂後堂羅袖人南窓北牖花叢春。翠幌珠簾鬪絲管一彈一奏雲欲斷君王日晚下朝歸。鳴環佩玉生光輝。人生今日得嬌貴誰道盧姬身細微。

談容娘　　常非月

舉手整花鈿。翻身舞錦筵。馬圍行處匝。人壓看場圓。歌要齊聲和。情教細語傳。不知心大小。容得許多憐

蘇小小歌　　温庭筠

買蓮莫破券。買酒莫解金。酒裏春容抱離恨。水中蓮子懷芳心吳宮女兒腰似束家在錢塘小

江曲。一自檀郎逐便風，門前春水年〻綠。

馮小憐　　李賀

灣頭見小憐，請上琵琶絃。破得春風恨，今朝直幾錢。裙垂竹葉帶，鬢濕杏花烟。玉冷紅絲重，齊宮妾駕鞍。

比紅兒　四首　　羅虬

一曲都緣張麗華，六宮齊唱後庭花。若交比並紅兒貌，枉破當時國與家。

二

青絲高綰石榴裙，腸斷當筵酒半醺。罵向漢宮圖畫裏，入胡應不數昭君。

三

斜凭欄干醉態新，斂眉微盼不勝春。當時若遇東昏主，金葉蓮花是此人。

四

自隱新從夢裏來，嶺雲微步下陽臺。含情一向。

春風笑羞殺凡花盡不開

李雍容　李波妹　　韓偓

李波小妹字雍容窄衣短袖蛮錦紅未解有情夢梁殿何曾自媚妬吴宫誰教牽引知酒味因令悵望成春慵海棠花下鞦韆畔背人撩鬢道匆匆

洛妹真珠　　李賀

真珠小娘下清郭洛苑香風飛綽綽寒鬢斜釵

玉燕光高樓唱月敲雲璫蘭風桂露灑幽翠綠紘裊雲咽深思花袍白馬不歸來濃蛾疊柳香唇醉金鵝屏風蜀山夢鸞裙鳳帶行煙重八驄籠晃臉差移日絲繁散曛羅洞市南曲陌無秋涼楚腰魏鬓四時芳玉喉窱窱排空光牽雲曳雪留陸郎

玉清歌　　畢耀

洛陽城中有一人名玉清可憐玉清如其名善

踃斜柯能獨立嬋娟花艷無人及珠為裙。玉為纓臨春風。吹玉笙悠悠滿天星黄金閣上粧成雲。和曲中為曼聲玉梯不得踃搖袂兩盈盈城頭之日復何情。

月夜重會宋華陽姊妹　李商隱

偷桃竊藥事難兼十二城中鎖彩蟾應共三人同夜賞。玉樓仍是水晶簾。

泰娘歌　劉禹錫

泰娘本韋尚書家主謳者善琵琶歌舞
盡得之于樂工居吳郡二歲攜之歸京
師京師多新聲善工于是又捐去故技
以新聲教之又盡其妙而泰娘名字往
往見稱于貴遊之間元和初尚書薨于
東京泰娘出居民間久之為蘄州刺史
張愻所得其後愻坐事謫居武陵郡愻
卒泰娘無所歸地荒且遠無有能知其

容與蓺者故日抱樂器而哭其音焦殺

以悲雒客聞之為歌其事以足于樂府

云

泰娘家本閶門西。門前綠水環金堤。有時妝成

好天氣。走上高橋折花戲。路傍忽見停隼旗。斗

量明珠鳥傳意。紺幰迎入專城居。長鬟如雲夜

似霧。錦茵羅薦承輕步。舞學驚鴻水榭春。歌橡

上客蘭堂暮。從郎西入帝城中。貴遊簪組香簾

攏低鬟綫視看明月纖指破撥生胡風繁華一
旦有消歇題劍無光履聲絶洛陽舊宅生草萊
杜陵蕭蕭松栢哀粧奩蟲網厚如繭博山爐側
傾寒灰蘄州刺史張公子白馬新到銅駝里自
言買笑擲黃金月墮雲收從此始安知鵬鳥座
隅飛寂寞旅魂招不歸秦家鏡有前時結韓壽
香銷故篋衣山城少人江水碧斷鴈哀猿風雨
多朱絃已絶為知音雲鬟未秋私自惜舉目風

煙非舊時。夢尋歸路多參差。如何將此千行淚
更灑湘江班竹枝。

共計

名媛集腋

香奩集凡例

一香奩以紀閨閣中事有事跡不傳而但詠其窈窕之姿以兼閨閣之用者載焉非不入名媛之記

一閨詩甚夥多以摹寫時景傳紀幽思不悉閨婦之體態者不入

一採蓮等詩以蓮上起興者不載若六句若

耶溪畔等詞蓋傳女郎之態度者咸載焉

唐詩香奩集

目次

○又 二首　李白

○越女 五首　李白

○○閨婦　白居易

○別佳人　崔膺

○鄰女　白居易

○貧女　鄭谷

○○思婦眉　白居易

○怨婦 二首　劉商

○○忍笑　韓偓

○○再青春　韓偓

○新上頭　韓偓

○半睡　韓偓

○負薪女　白居易

○偶見　五首　韓偓

○春女怨　薛維翰

○○又　朱絳

○又　白居易
○○又　張敬徽
○天津橋上美人　駱賓王
○美人名解愁　盧綸
○巫山神女　劉禹錫
○詠手　韓偓
○褭娜　韓偓
○○賜美人三首　方干

○杜丞相悰筵中美人　李群玉

○分香　孟浩然

○○美人卧　梁鍠

○○美人騎馬　盧綸

○烏江女　屈同仙

○○貧女　秦韜玉

○舞　李嶠

○○新粧　楊容華

唐詩香奩集

錢塘楊肇祉君錫甫集選
友人李宇參仲三甫校閱

贈趙使君美人　杜審言

紅粉青娥映楚雲。桃花馬上石榴裙。羅敷獨向東方去。謾學他家作使君。

美人　盧綸

殘粧色淺髻鬟開。笑映朱簾覷客來。推。醉。嗔。知弄花鈿。潘郎不敢使人催。

二

自拈裙帶結同心。煖處偏知香氣深。愛促狂夫問閑事。不知歌舞問黃金。

鬆髻

韓偓

髻根鬆慢玉釵垂。指點花枝又過時。坐久暗生惆悵事。映人匀却䀹胭脂。

憶雀人

駱賓王

東西吴蜀關山遠魚來鴈去兩難聞莫怪常有
千行淚只為陽臺一片雲

麗人曲　　崔國輔

紅顔稱絶代欲並真無假獨有鏡中人由來自
相許

題美人　　于鵠

秦女窺人不解羞攀花趂蝶出墻頭胸前空帶
宜男草嫁得蕭郎愛遠遊

又　　崔澹

怪得春風送異香。娉婷仙子曳霓裳。雖憂錯認偷桃客。曼倩曾為漢侍郎。

又　　鄭仁表

嚴吹如何下太清、玉𪛖無瘮六銖輕、自知不是流霞酌。願聽雲和瑟一聲。

奉勑贈康尚書美人　　薛伯行

天門喜氣曉氛氳。聖主臨軒召冠軍。欲令從此行霖雨。先賜巫山一片雲。

陌上美人　李白

駿馬驕行踏落花。垂鞭直拂五雲車。美人一笑褰珠箔。遙指紅樓是妾家。

戲竇子美人　岑參

朱唇一點桃花殷。宿粧嬌羞偏髻鬟。細看只似陽臺女。醉著莫許歸巫山。

美人怨　薛維翰

美人怨何深含情倚金閣不笑復不語珠淚紛〻落。

又　　　　李白

芙容不及美人粧水殿風來珠翠香却恨含情掩秋扇空懸明月待君王。

又　　　　前人

美人捲珠簾深坐嚬蛾眉但見淚痕濕不知心恨誰。

浣紗女　　王昌齡

錢塘江畔是誰家。江上女兒全勝花。吴王在時不肯出。今日公然來浣紗。

又　　李白

玉面耶溪女。青蛾紅粉粧。一雙金齒屐。兩足白如霜。

二

南陌春風早。東隣去日斜。千花開瑞錦。香撲美人事。

越女 五首　　前人

長干吳兒女，眉目艷新月。屐上足如霜，不着鴉頭襪。

二

吳兒多白皙，好為蕩舟劇。賣眼擲春心，折花調行客。

三

耶溪採蓮女。見客棹歌迴。笑入荷花去。佯羞不出來。

四

東陽素足女。會稽素舸郎。相看月未墮。白地斷肝腸。

五

鏡湖水如月。耶溪女似雪。新粧蕩新波。光景兩奇絕。

閨婦　　白居易

斜凭繡牀愁不動。紅銷帶暖緑鬟低。遼陽春盡無消息。夜。合。花。前。日。又。西。

賦別佳人　　崔膺

壠上流泉壠下分。斷腸嗚咽不堪聞。嫦娥一入月中去。巫峽千秋空白雲

鄰女　　白居易

娉婷十五勝天仙。白日嫦娥旱地蓮。何處閑教

鸚鵡語。碧紗窓下繡床前。

貧女吟　　鄭谷

塵壓鴛鴦廢錦機。滿頭空插麗春枝。東鄰舞妓多金翠。笑剪燈花學畫眉。

思婦眉　　白居易

春風搖蕩自東來。折盡櫻桃綻盡梅。唯餘思婦愁眉結。無限春風吹不開。

怨婦　　劉商

連曙寢衣冷。開門霜露凝。風吹昨夜淚。一片枕邊冰。

二

淨掃黃金階。飛霜皎如月。下簾彈箜篌。不忍見秋月。

忍笑

宮樣衣裳淺畫眉。晚來梳洗更相宜。水精鸚鵡釵。頭顫舉。袂佯羞。忍笑時。

丹青春　前

兩重門裏玉堂前寒食花枝月午天想得那人垂手立嬌羞不肯上鞦韆

新上頭

學梳鬆鬢試新裙消息佳期在此春為要好多心轉惑遍將宜稱問傍人

半睡

擡眼仍嫌瘦更衣又怕寒宵分未歸帳半睡待

郎。看。

負薪女　白居易

亂蓬爲鬢布爲衣。暖踏寒山自負薪。一種錢塘
江畔女。着紅騎馬是何人。

偶見　四首　韓偓

鞦韆打困解羅裙。指點醍醐索一樽。見。客。入。來
和。笑。走。手搓梅子映中門。

霧為襟袖玉為冠。半是羞人半忍寒。別易會難長自嘆。轉身應把淚珠彈。

三

桃花臉薄難藏淚。柳葉眉長易覺愁。密迹未成當面笑。幾回擡眼又低頭。

四

半身映竹輕聞雨。一手揭簾從轉頭。此意別人應未覺。不勝情緒兩風流。

春女怨　　薛維翰

白玉堂前一樹梅今朝忽見數花開兒家門戶重〻閉春色因何入得來

又　　朱絳

獨坐紗窓刺繡遲紫荆枝上囀黃鸝欲知無限傷春意併在停鍼不語時

佳人春怨　　劉方平

紗窓落日漸黃昏金屋無人見淚痕寂寞空庭

春又晚。梨花滿地不開門。

舞女　楊師道

二八如迴雪。三春類早花。分行向燭轉。一種逐風斜。

三月閨情　袁暉

一月時將盡。空房妾獨居。蛾眉愁自結。鬢髮没情梳。

閨情　李端

月落星稀天欲明。孤燈未滅夢難成。披衣更向門前望不忿朝來喜鵲聲

春女　　張籍

新粧面面下珠樓。深鎖春光一院愁。行到中庭數花朶。蜻蜓飛上玉搔頭。

春夜　　韓偓

氤氤帳裏香。薄薄睡時粧。長吁解羅帶。怯見上空牀。

繡婦　無名氏

不洗残粧並繡牀。却嫌鸚鵡繡衣裳。迴針刺到
雙飛處。憶昔征夫淚數行。

仙女　楊衡

玉笈初侍紫皇君。金縷鴛鴦滿絳裙。仙宮一閉
無消息。遙結芳心向碧雲。

宮女　二　白居易

淚濕羅巾夢不成。夜深前殿按歌聲。紅顏未老

恩先斷斜倚薰籠坐到明

二

雨露由來一點恩爭能遍布及千門三千宮女
臙脂面幾箇春來無淚痕

又　　朱慶餘

寂寂花時閉院門美人相並立瓊軒含情欲說
宮中事鸚鵡前頭不敢言

舊宮人　　劉得仁

白髮宮娃不解悲。滿頭猶自插花枝。曾緣玉貌君王寵。准擬人看似舊時。

佳人照鏡　張文恭

倦採蘼蕪葉。貪憐照膽明。兩邊。皆拭淚。一處。有啼痕。

美人繡幛　胡令能

日暮堂前花蕊嬌。手拈小筆上牀描。繡成安向東園裏。引得黃鸝。下柳條。

織女　戴叔倫

鳳梭停織鵲無音夢憶仙郎夜夜情。難得相逢容易別銀河深似妾愁深。

採蓮女　戎昱

涔陽女兒花滿頭毿。毿同泛木蘭舟。秋風日暮南湖裏。爭唱菱歌不肯休

又　王昌齡

吳姬越艶楚王妃爭弄蓮花水濕衣。來時浦口

花迎入採罷江頭月送歸

二

荷葉羅裙一色裁芙蓉向臉兩邊開亂入池中
看不見聞歌始覺有人來

又　　白居易

菱葉縈波荷颭風荷花深處小船通逢郎欲語
低頭笑碧玉搔頭落水中

採蓮女　　張敬徽

遊女泛江晴，蓮紅水復清。競多愁日暮，爭疾畏船傾。波動疑釵落，風生覺袖輕。相看未得意，歸浦棹歌聲。

天津橋上美人　駱賓王

美女出東鄰，容豫上天津。整衣香滿路，移步襪生塵。水下看粧影，眉頭畫月新。寄言曹子建，箇是洛川神。

開府席上賦得美人名解愁

盧綸

不敢苦相留。明知不自由。嚬眉乍欲語。斂笑又低頭。舞態兼殘醉。歌聲似帶羞。今朝揔見也只守解人愁。

巫山神女　劉禹錫

巫山十二鬱蒼蒼。片石亭亭號女郎。曉霧乍開疑卷幔。山花欲謝似殘粧。星河好夜聞清佩。雲雨歸時帶異香。何事神仙九天上。人間來就楚褻玉。

美人手　　韓偓

暖白膚紅玉筍芽。調琴抽線露尖斜。背人細撚垂煙鬟。向鏡輕勻襯臉霞。悵望昔逢褰繡幔。依稀曾見托金車。後園笑向同扦道。摘得蘼蕪又一杈。

裊娜　　前人

裊娜腰肢淡薄粧。六朝宮樣窄衣裳。著詞暫見

櫻桃破飛盞盈開荳蔻香春惱情懷身覺瘦酒添顏色面生光此時不敢分明道風月應知暗斷腸

贈美人 三首 方干

諸侯帳下慣新粧皆怯劉家薄媚娘寶髻巧梳金翡翠羅裙宜著繡鴛鴦輕〻舞汗初沾袖細〻歌聲欲遶梁何事不歸巫峽去故來人世斷人腸

二

直緣多藝用心勞心路玲瓏格調高舞袖低徊真蛺蝶朱唇深淺假櫻桃粉胸半掩疑晴雪醉眼斜迴小樣刀纔會雨雲須別去語慳不及琵琶槽

三

嚴冬忽作看花日盛暑翻為見雪時坐上弄嬌聲不轉樽前掩笑意難知含歌媚盼如桃葉醉

舞輕盈似柳枝。年紀未多猶怯在。些些私語怕人疑。

杜丞相悰筵中贈美人　李群玉

裙拖六幅瀟湘水。鬢聳巫山十朶雲。貌態祇應天上有。歌聲豈合世間聞。胸前瑞雪燈斜照。眼底桃花酒半醺。不是相如憐賦客。肯交容易見文君。

美人分香　孟浩然

豔色本傾城。分香更有情。髻鬟垂欲解。眉態拂能輕。學舞平陽態。歌翻子夜聲。春來狹斜道。含笑待逢迎。

觀美人臥　　梁　鍠

妾家巫峽陽。羅帳寢銀床。曉月臨窗久。春風引夢長。落釵猶罥鬢。微汗欲銷黃。縱使朦朧覺。魂猶逐楚王。

美人騎馬　　盧　綸

駿馬嬌仍穩春風灞岸晴促來金蹬短扶上玉人輕帽束雲鬟亂鞭籠翠袖明不知從此去何處更傾城

烏江女　屈同仙

越豔誰家女朝遊江岸傍青春猶未嫁紅粉舊來倡錦袖盛朱橘銀鉤摘紫房見人羞不語回艇入溪藏

貧女　秦韜玉

蓬門未識綺羅香擬託良媒益自傷誰愛風流
高格調共憐時世儉梳粧敢將十指偏誇巧不
把雙眉鬭畫長苦恨年年壓金線為他人作嫁
衣裳

舞　　　　　　　　　　　　李嶠

妙伎游金谷佳人滿石城霞衣席上轉花袖雪
前明儀鳳諧清曲迴鸞應雅聲非君一顧重誰
賞素腰輕

新粧　楊容華 烱女

宿鳥驚眠罷房櫳乘曉開鳳釵金作縷鸞鏡玉
為臺粧似臨池出人疑月下來自憐終不見故
去復徘徊

贈鄰女　魚玄機

羞日遮羅袖愁春懶起粧易求無價寶難得有
情郎枕上潛垂淚花間暗斷腸自能窺宋玉何
必恨王昌

王家少婦　崔顥

十五嫁王昌。盈盈入畫堂。自矜年最少。復倚婿為郎。舞愛前溪綠。歌憐子夜長。閒來鬬百草。度日不成粧。

懶卸頭　韓偓

侍女動粧奩。故故驚人睡。那知本未眠。背面偷垂淚。懶卸鳳凰釵。羞入鴛鴦被。時復見殘燈。和烟墜金穗。

晝寢　韓偓

碧桐陰靜隔簾櫳，扇拂金鵝玉簟烘。撲粉更添香體滑，解衣從見下裳紅。煩襟乍觸冰壺冷，倦枕徐欹寶髻鬆。何必苦勞魂與夢，王昌只在此墻東。

佳人春怨　孟浩然

佳人能畫眉，粧罷出簾幃。照水空自愛，折花將遺誰。春情多豔逸，春意倍相思。愁心似楊柳，一種亂如絲。

孤寢　崔珪

征戍動經年。含情拂玳筵。花飛織錦處。月落擣
衣邊。燈暗愁孤坐。床空怨獨眠。自居遼海去。玉
匣閉春絃。

春女行　劉希夷

春女顔如玉。怨歌陽春曲。巫山春樹紅。沅湘春
草緑。自憐妖艷姿。粧成獨見時。愁心伴楊柳。春

盡亂如絲。極目千餘里。悠ゝ春江水。頻想玉関人愁。卧金閨裏。尚言春花落。不知秋風起。嬌愛猶未終。悲涼從此始。憶昔楚王宮。玉楼粧粉紅纖腰弄。明月長袖舞。春風榮華委西山。光陰不可還。桑林沒東海。富貴今何在。寄言桃李容胡為閨閣重。但看楚王墓。惟見數株松。

洛陽女兒　　王維

洛陽女兒對門居。纔可容顏十五餘。良人玉勒乘驄馬。侍女金盤膾鯉魚。畫閣朱樓盡相望。桃紅柳緑垂簷向。羅幃送上七香車。寶扇迎歸九華帳。狂夫富貴在青春。意氣驕奢劇季倫。自憐碧玉親教舞。不惜珊瑚持與人。春窓曙滅九微火。九微片片飛花朶。戲罷曾無理曲時。粧成祇自薰香坐。城中相識盡繁華。月夜經過趙李家。誰憐越女顔如玉。貧賤江湖自浣紗。

美人梳頭　　張碧

玉堂花院小枝紅。綠窗一片春光曉。玉容驚覺濃睡醒。圓蟾挂出妝臺表。金盤解下叢鬟碎。三尺芙容綰。朝翠。皓指高低翠態愁。水精梳滑參差墜。須臾攏掠蟬鬟生。玉釵冷透冬冰明。芙容折向新開臉。秋泉慢轉眸波橫。鸚鵡偷來話心曲。屏風半倚遙山綠。

美人古歌　　簡文帝

翻階蛺蝶戀花情。容華飛燕相逢迎。誰家總角岐路陰。裁紅點翠愁人心。天窓綺井曖徘徊。珠簾玉匳明鏡臺。可憐年幾十三四。工歌巧舞入人意。白日西落楊柳垂。含情弄態兩心知。

二

西飛迷雀東羈雉。倡樓秦女乍相值。誰家夭麗憐中止。輕粧薄粉光閭里。網户珠綴曲瓊鈎。芳茵翠被香氣流。少年〻幾方三六。含嬌聚態傾人目。餘香落蘂坐相催。可憐絶世爲誰媒。

採蓮女　　李白

若耶溪傍採蓮女笑隔荷花共人語日照紅粧水底明風飄羅袖空中舉岸上誰家遊冶郎三々五々過垂楊紫騮嘶入落花去對此踟躕空斷腸

又　　閻朝隱

採蓮女採蓮舟春日春江碧水流蓮花承玉釧蓮刺罥銀鉤薄暮斂容歌一曲氛氳香氣滿汀

洲

趙女　　王表

趙女乘春上畫樓。一聲歌發滿城秋。無端更唱關山曲，不是征人亦淚流。

女郎採菱行　　劉禹錫

白馬平湖秋日光。紫菱如錦綵鸞翔。蕩舟遊女滿中央。採菱不顧馬上郎。爭多逐勝紛相向。時轉蘭橈破輕浪。長鬟弱袂披參差。釵影釧文浮

蕩樣笑語哇咬頑睨暉蓼花綠岸扣舷歸々々來
共到市橋步野蔓繫船萍滿衣家々竹樓臨廣
陌下有連檣多估客攜觴薦支夜經過醉踏大
堤相應歌屋平祠下沅江水月照寒波白煙起
一曲南音此地聞長安北望三千里

麗人行　杜甫

明皇時楊國忠與虢國夫人鄰居每獨
來或並轡入朝及夫人從車駕幸華清

宮會於國忠第此麗人行之所以作也
三月三日天氣清。長安水邊多麗人。態濃意遠
淑且真。肌理細膩骨肉勻繡羅衣裳照暮春。蹙
金孔雀銀麒麟。頭上何所有。翠為㔩葉垂鬢脣。
身後何所見。珠壓腰衱穩稱身。就中雲幕椒房
親。賜名大國虢與秦。紫駝之峰出翠釜。水精之
盤行素鱗。犀筯厭飫久未下。鸞刀縷切空紛綸
黃門飛鞚不動塵。御廚絡繹送八珍。簫鼓哀吟

感鬼神。賓從雜沓實要津。後來鞍馬何逡巡。當軒下馬入錦茵。楊花雪落覆白蘋。青鳥飛去銜紅巾。炙手可熱勢絕倫。愼莫近前丞相嗔。

賦得北方有佳人　徐賢妃

由來稱獨步。本是號傾城。柳氣眉間發。桃花臉上生。腕搖金釧響。步轉玉環鳴。纖腰宜寶襪。紅衫豔織成。懸知一顧重。別覺舞腰輕。

美人梳頭歌　李賀

西施曉夢綃帳寒香鬟隨髻半沉檀轆轤咿呀轉鳴玉驚起芙容睡新足雙鸞開鏡秋水光解鬟臨鏡立象牀一偏香絲雲撒地玉釵落處無聲膩纖手却盤老鴉色翠滑寶釵簪不得春風爛熳飛嬌容十八鬟多無氣力粧成鬖鬌欹不斜雲裾數步踏鴈沙背人不語向何處下堦自折櫻桃花

倡女　張籍

拏鬟叢梳洞掃眉爲嫌風日下樓稀畫羅金縷難相稱故着尋常淡薄衣

美人歌 三首　　陳後主

池側鴛鴦春日鸎綠珠絳樹相逢迎誰家佳麗過淇上翠釵綺袖波中様雕軒繡户花恒發珠簾玉砌移明月年時二七猶未笄轉顧流盼鬟鬢低風飛蘂落將何故可惜可憐空擲度

二

南飛烏鵲北飛鴻弄玉蘭香時會同誰家可憐出窓牖春心萬媚勝楊柳銀牀金屋挂流蘇宝鏡玉釵橫珊瑚今年二八紅新臉宜笑宜歌羞更歛風花一去春不歸只為無雙惜舞衣

畫美人　劉長卿

愛爾含天姿丹青有殊智無間已得象象外更生意西子不可見千載無重還空令綺紗態猶在含毫間一笑豈易得雙蛾如有情窓風不舉

袖但覺羅衣輕。

美女篇　　屈同仙

東隣美女实名倡。絕代容華無比方。濃纖得中非短長。紅素天生誰飾粧。桂樓椒閣木蘭堂。繡戶雕軒文杏梁。屈曲屏風遶象床。萎蕤翠帳綴香囊。玉臺龍鏡澄徹光。金爐沈煙酷烈芳。遙聞行珮音鏘鏘。含嬌含笑出洞房。二八三五閨心切。搴簾捲幔迎春節。情歌始發詞怨咽。鳴琴一

弃心斷絶借問哀怨何所為盛年情多心自悲
須臾破顏倏歛態一悲一喜併相宜何能見此
不注心惜無媒氏為道音可憐盈盈直千金誰
家君子為藁砧

舞妓　　　　劉導

倡女多嬌色入選盡華年舉腕嫌衫重迴腰覺
態妍情繞陽春吹影逐相思絃履度開裙襵鬟
轉匝花鈿所愁餘曲罷為欲舞君前

美人舞　　王訓

新粧本絕世妙舞亦如仙傾腰逐韻管斂色聽張筵袖輕風易入釵重步難前笑態千金動衣香十里傳持此雙飛鷰定當誰可憐

二

紅顏自燕趙妙妓邁陽河就行齊逐唱赴節闇相和折腰送餘曲斂袖待新歌嚬容生翠羽慢睇出橫波雖稱趙飛燕比此詎成多

三

十五屬平陽，因來入建章。主家能教舞，城中巧畫粧。低鬟何綺席，舉袖拂花黃。燭送空邊影，衫傳鈴裹香。堂筵好留客，故作舞衣長。

美人揗箏歌　盧綸

出簾仍有鈿箏隨，見羅綳令恨識遲。微收皓腕纏紅袖，深遏朱絃低翠眉。忽然髙張應繁節，玉指迴旋若飛雪。鳳簫韶管寂不喧，繡幕紗窗儼秋月。有時輕弄和郎歌。慢處聲遲情更多。已愁紅臉能佯醉。又恐朱門難再過。昭陽伴裏最聰明。出到人間纔長成。還知禁曲難翻處。猶是君王說小名。

觀妓凡例

觀者以我觀之也若遽列妓之品題則於觀者何裨也故必嬌歌艷舞足以起人之幽懷羨人之玄賞者斯載

一古宦宅妓非青樓比也故贊美者則載傳情者不入

一高朋滿座群妓笙簧亦足以暢其胸次者

載

一不必例妓之臧否而覩之者有艷逸之思者亦載

唐詩觀妓集目

○詠妓　王勣

○得妓　陳子良

○○五日觀妓　萬楚

○舞妓　張祜

○金陵妓　李白

○○贈妓　孫棨

○歌妓　崔仲容

○○舞妓　劉遵

○又　王訓

○○崔明府觀妓　孟浩然

○馮劉二監客舍觀妓　張說

○李員外宅妓　沈佺期

○邯鄲觀妓　李白

○小妓　白居易

○○燕子楼八首　関盼盼

平康妓　自詠

○○妓八首　無名氏

○歌妓　李嶠

○又　薛能

○又　王貞

○夕出觀妓　梁孝帝

唐詩觀妓集

武林楊肇祉君錫甫集選
友人李宇參仲三甫校閱

觀妓

司空曙

翠蛾紅臉不勝情，管絶絃餘發一聲。銀燭摇摇塵暗下，却愁紅粉淚痕生。

觀蛮妓

王建

欲説昭君歛翠蛾，清聲委曲怨于歌。誰家年少春風裏。拋與金錢唱好多。

王郎中席歌妓　　顧況

袖拂青樓花滿衣。能歌宛轉世應稀。空中幾處聞清響。欲繞行雲不遣飛。

題北里妓人壁　　孫棨

寒繡衣裳餉阿嬌。新圖香獸不曾燒。東隣起樣裙腰闊剩蹙金錢唱好多。

送零陵妓　　戎昱

寶鈿香娥翡翠裙，粧成掩泣欲行雲。殷勤好取襄王意，莫向陽臺夢使君。

彭州蕭使君出妓夜宴見送　羊士諤

玉顏紅燭忽驚春，微步凌波暗拂塵。自是當歌斂眉黛，不應惆悵爲行人。

贈廣陵妓　張又新

雲雨分飛二十年，當年求夢不曾眠。今朝頭白重相見，還上襄王玳瑁筵。

贈歌妓 二首　　李商隱

水精如意玉連環，下蔡城危莫破顏。紅綻櫻桃含白雪，斷腸聲裏唱陽關。

二

白日相思不柰何，嚴城清夜斷經過。只知解道春來瘦，不道春來獨自多。

出金陵妓呈盧六　　李白

南國新豐酒。東山小妓歌。對君〻不樂。花有柰愁何

二

東道烟霞主。西江詩酒筵。相逢不覺醉。日墮歷陽川

三

安石東山三十春。傲然携妓出風塵。樓中見我金陵子。何似陽臺雲雨人

四

小妓金陵歌楚聲。家僮丹砂學鳳鳴。我亦為君飲清酒。君心不肯向人傾。

妓席

李商隱

樂府聞桃葉。人前道得無。勸君書小字。慎勿喚官奴。

送侄良攜二妓赴會稽戲有此贈

李白

携妓東山去。春光半道催。遥看二桃李。雙入鏡中開。

夜出妓　沈君攸

簾間月色度。燭定妓成行。迴身釧玉動。頓履佩珠鳴。低衫拂鬢影。舉扇起歌聲。匣中曲猶奏。掌上體應輕。

觀妓　王勃

落日明歌席。行雲逐舞人。江前飛暮雨。梁上下軽塵冶。服看。疑盡。粧臺。望似。春。高車勿遽返。長袖欲相親。

二

南國佳人至。北堂羅薦開。長裙隨鳳管。促柱送鸞杯。雲光身後落。雪態掌中回。到愁金谷晚。不怯玉山頹。

揚州雨中張十七宅中觀妓

張謂

火色帶春烟。燈花拂更燃。殘粧添石黛。舞落金鈿。捧笑頻歆。扇迎歌乍。動絃。不知巫峽雨何事海西邊。

夜觀妓　　儲光羲

白日宜新舞。清宵召楚妃。嬌童擭錦薦。侍女整羅衣。花映垂鬟轉。香迎步履飛人。歛長袖雙燭送將歸。

歌聲扇後出。粧影鏡中輕。未能含掩笑。何處欲障聲。知音自不惑。得念是分明。莫見雙嚬斂。疑人含笑情。

三

佳人靚晚粧。清曲動蘭房。影入含風扇。聲飛照日梁。嬌嚬眉際斂。逸韻口中香。自有橫陳分。應憐秋夜長。

觀舞妓　温庭筠

朔音悲嘒管瑤踏動芳塵總袖時增怨聽破復含嚬凝腰倚風軟花題照錦春朱絃固淒緊瓊樹亦迷人

贈柳氏之妓　鄭還古

冶豔出神仙歌聲勝管絃詞輕白紵曲歌遏碧雲天未擬生裴秀如何乞鄭玄不堪金谷水橫過墮樓前

陪辛大夫西亭宴觀妓　劉長卿

歌舞憐遲月。旄麾映早春。鶯窺隴西將。花對洛陽人。醉罷知何事。恩深忘此身。任他行雨去。歸路裛香塵。

過李將軍南鄭林園觀妓　前人

郊原風月好。乃舌弄何頻。小婦秦家女。將軍天上人。鴉歸長郭暮。草映大堤春。客散垂楊下。通橋車馬塵。

携妓納涼晚際遇雨　杜甫

落日放船好。輕風生浪遲。竹深留客處。荷淨納涼時。公子調氷水。佳人雪藕絲。片雲頭上黑。應是雨催詩。

二

雨來沾席上。風急打船頭。越女紅裙濕。燕姬翠態愁。纜侵堤柳繫。幔卷浪花浮。歸路翻蕭颯。陂塘五月秋。

泛江有女樂在諸船戲為艷曲

杜甫

上客迴空騎。佳人滿近船。江清歌扇底。野曠舞衣前玉袖臨風並。金壺隱浪偏。競將明媚色。偷眼豔陽天。

二

白日移歌袖。青霄近笛牀。翠眉縈度曲。雲鬢儼分行。立馬千山暮。迴舟一水香。使君自有婦。莫學野鴛鴦。

在永軍宴常司馬樓船觀妓

李白

搖曳帆在空清流歸順風詩因鼓吹發酒為劍歌雄對舞青樓妓雙環白玉童行雲且莫去留醉楚王宮

岐王席觀妓

翟顥

二月春來半王家月正長柳垂金屋暖花發玉樓香拂匣光臨鏡調笙更炙簧還將歌舞態只

擬奉君王。

詠妓　王勣

妖姬掃淨粧。窈窕出蘭房。日照當軒影。風吹滿路香。早時歌扇薄。今日舞衫長。不應令曲誤、持此試周郎、

得妓　陳子良

微雨散芳菲。中原照落暉。絳樹摇歌扇。綠珠飄舞衣。緐絃調對酒。雜行動思歸。愁入當歌久。羞

見落花飛。

五日觀妓　　萬楚

西施謾道浣春沙，碧玉今時鬬麗華。眉黛奪將萱草色，紅裙妬殺石榴花。新歌一曲令人艷，醉舞雙眸斂鬢斜。誰爲五絲能續命，却知今日死君家。

同員外出舞妬枝妓　　張祜

畫鼓環　錦臂攘。小娥雙換舞衣裳。金絲蹙霧

紅衫薄。銀蔓垂花紫帶長。鸞影乍迴頭並舉。鳳
聲初歇翅齊張。一時折腕招殘拍。斜斂輕身拜
玉郎。

金陵妓　　李白

金陵城東誰家子、竊聽琴聲碧窗裏、落花一片
天上來。隨人直度西江水。楚歌吳語嬌不成。似
能未能最有情。謝公正要東山妓。攜手林泉處
々行。

贈妓　　孫棨

綵翠鮮衣紅玉膚輕盈年在破瓜初霞杯醉喚劉郎賭雲髻慵邀阿母梳不怕寒侵緣帯寶每憂風舉倩持裾謾圖西子爲粧樣西子原來未得如

贈妓　　崔仲容

水剪雙眸霧剪衣當筵一曲媚春輝瀟湘夜色怨猶在巫峽曉雲愁不稀皓齒乍分寒玉細黛

眉輕蹙遠山微渭陽朝雨休重唱滿眼陽關客
未歸

舞妓　　　前人

倡女多嬌色入選盡華年舉腕嫌衫重廻腰覺
態妍情繞陽春吹影逐相思絃履度開裙襵鬟
轉匝花鈿所愁餘曲罷為欲在君前

又　　　王訓

新粧本絶世妙妓亦如仙傾腰逐韻管斂色聽

張絲袖輕風易入釵重步難前笑態千金動衣香十里傳持此雙飛燕定當誰可憐

宴崔明府宅夜觀妓　孟浩然

畫堂觀妙妓長夜正留賓燭吐蓮花豔粧成桃李春髻鬟低舞席衫袖掩歌脣汗濕偏宜粉羅輕詎著身調移箏柱促歡會酒杯傾倘使曹王見應嫌洛浦神

溫泉馮劉二監客舍觀妓　張説

温谷寒林暮。群遊樂事多。佳人蹀駿馬。乗月夜相過。秀色燃紅黛。嬌香發綺羅。鏡前鸞對舞。琴裏鳳傳歌。妬寵傾新意。銜恩奈老何。為君留上客。歡笑斂雙蛾。

李員外秦援宅觀妓　　沈佺期

盈盈粉署郎。五日宴春光。選客虛前館。徵歌偏後堂。玉釵翠羽飾。羅袖鬱金香。拂黛隨時廣。挑環出意長。囀歌遥合態。度舞暗成行。巧落梅庭裏斜光映曉粧。

邯鄲南亭觀妓　　李白

歌鼓燕趙兒、魏姝弄鳴絲、粉色艷日彩。舞袖拂花枝、把酒顧美人。請歌邯鄲詞。請箏何繚繞。度曲綠雲垂。平原君安在。科斗生古池。座客三千人、於今知有誰、我輩不作樂、但為後代悲、

小妓　　白居易

雙鬟垂未合。三十纔過半。本是綺羅人。今為山

水伴，春前共揮弄。好樹同攀，戲笑容花底迷，酒惡風前亂。紅凝舞袖急。黛慘歌聲緩。莫唱楊柳枝，無腸與君斷。

燕子樓詩 八首　　關盼盼

樓上殘燈伴曉霜。獨眠人起合歡床。相思一夜情多少。地角天涯不是長。

二

適看鴻雁岳陽回。又睹玄禽逼社來。瑤瑟玉簫無意緒。任他蛛網任從灰。

三

北邙松柏鎖愁烟。燕子樓中思悄然。自埋劍履

歌聲絶紅袖香銷二十年

四

滿窓明月滿簾霜被冷香消拂臥床燕子樓中霜月夜秋來祇為一人長

五

今春有客洛陽回曾到尚書墓上來見說白楊堪作柱爭教紅粉不成灰

六

細帶羅衫色似煙幾回欲起即潸然自從不舞
霓裳曲疊在空箱二十年

七

黃金不惜買蛾眉揀得如花四五枝歌舞教成
心力盡一朝身去不相隨

八

自守空房歛恨看形同秋後牡丹枝舍人不會
人深意訝道泉臺不去隨

平康妓自詠　　無名氏

紅釭斜背解鳴璫。小語偷聲賀玉郎。從此不知蘭麝貴。夜來新惹桂枝香。

妓　八首

十七梳頭綠鬢斜。生來宋玉是隣家。短墻不得黃鸝過。踈篛難將粉蝶遮。壯卅重東看結子。劉郎前度見栽花。何人得似江州客。白髮青衫聽琵琶。

二

芙蓉江上露淒淒楊柳樓前月影低燕入朱門
藏不見馬過花巷憶還嘶鞭絲無力終愁斷萍
葉隨流不肯齊信有銀河千萬里人間隔斷路
東西

三

玉釵片斷兩鴛鴦繡枕平明半海棠戲擲櫻桃
奩尚在學吹楊柳笛還藏紅顏夢裏將為石青

鬢愁中易作霜。錦字消磨鴻雁絕。門前咫尺是衡陽。

四

昔日吹簫鳳下來。如今鳳去只荒臺。劍分安得重歸匣。水覆難教再上杯。倩酒禁愁何日醉。待花消恨幾時開。無情最是窗前雨。吹入藤牀長綠苔。

五

舊時門巷草蕭蕭。月色江聲共寂寥。眉黛盡。從啼處損。鬢霜留。待見時消。形骸太瘦同山竹。信檐無端異海潮。望盡江船渾怡問。一四無信一無聊

六

河邊七夕會牽牛。一點紅粧不柰秋。月月題書俱是淚。重重見面只含羞。亂鬟傳衷尋紅拂。鳳曲聲中嘆白頭。一自斷雲無處覓。十年王粲不

登楼。

七

自從抱琵入朱門新寵安能入舊恩明裡開顏
啼流淚面前行樂背消魂梅花見說渾無色鸚
鵡傳來不肯言知在闌干第幾曲青天何處覓
崑崙。

八

一朵千金注露斜籬籠難護幕難遮吳王城上

同看月。伍相江邊獨繞沙。楊柳名爲離别樹芙容號作斷腸花。舊時隣舍俱新主。莫認東墻是宋家。

歌妓　李嶠

漢帝臨汾水。周郎去洛濵。郢中吟白雪。梁上繞飛塵。響發行雲駐。聲隨子夜新。願君聽扣角。當自識賢臣。

又　薛能

一字新聲一顆珠，轉喉疑是擊珊瑚。聽時坐部音中有，唱後櫻花葉裡無。漢浦筬聞虚解佩，臨邛烏用枉當鑪。誰人得向清溪宿，便是仙郎不是虚。

又　　王貞白

誰唱関西曲。寂寞夜景深，一聲長在耳。萬恨重經心，調古清風起。曲終涼月沉，却應絃上客。未必是知音。

夕出通波閣下觀妓　　梁孝元帝

娥月漸成光燕姬戲小堂胡舞開齊閣鈴盤出步廊起龍調節鼓却鳳點笙簧樹交臨舞席荷生夾妓航竹密無分影花疎有異香提盃時笑語歡兹樂未央

觀坡集終

名花集凡例

一咏花者多以花之代謝寓意於人事之浮沉則於花無當也不入

一花有以豔名者有以逸名者有香與色名者則載無一于此不入

一觀花有感與携觴共賞者皆且一時之樂事非以言花之精神也不入

萬曆戊午年仲夏

鋟刋

唐詩名花集

目次

○○左掖海棠　王維
○○木蘭花　白居易
○○荼蘼花　孟皓然
○○蘭花　梁宣帝
○槿花　張文姬
○○红牡丹　崔興宗
○○斑竹　劉長卿
○○夜合花　無名氏

○柳　雍裕之

○桂花　盧僎

○○茱萸　皇甫冉

○○秋池一株蓮　弘執泰

○菊　賈島

○○牡丹　白居易

○白牡丹　盧綸

○又　張又新

○○又　王建

○○百葉桃花　韓愈

◐◐早梅　戎昱

○○又　元載妻

○又　杜甫

○又　元稹

○○楊花　李白

◐杜鵑花　李白

○○玉蕊花　李益

○櫻桃　陸龜蒙

○○宮中櫻桃　王建

○又　楊貴妃

○木蘭花　陸龜蒙

○槐花　翁承贊

○小槐　鄭谷

○○小桃　前人

○小松　杜荀鶴

○雙桂　陳陶

○冬青樹　趙嘏

○○連葉　鄭谷

○柳　趙嘏

○○柳絮　鄭谷

○楊柳　王維

○又　劉禹錫

○○桃花　唐太宗

○又　李嶠

○○李花　唐太宗

○○杏花　鄭谷

○石榴花　魏彥深

○菊花　駱賓王

○又　釋無可

○又　李商隱

○○白菊　許棠

○○牡丹　溫庭筠

○○白牡丹　王貞白

○芙蓉　李德源

○○同心芙蓉　孔德紹

○水林檎花　鄭谷

○○蜀葵　崔涯

○○牡丹　韓愈

○○又　温庭筠

○○又　薛濤

○○海棠　楊渾

○杏花　温庭筠

○早梅　杜甫

○○又　鄭谷

○紫薇花　李商隱

○○枇杷花　白居易

○○柳　温庭筠

○○又　薛逢

○殘牡丹　魚玄機

○○薔薇　方干

目錄終

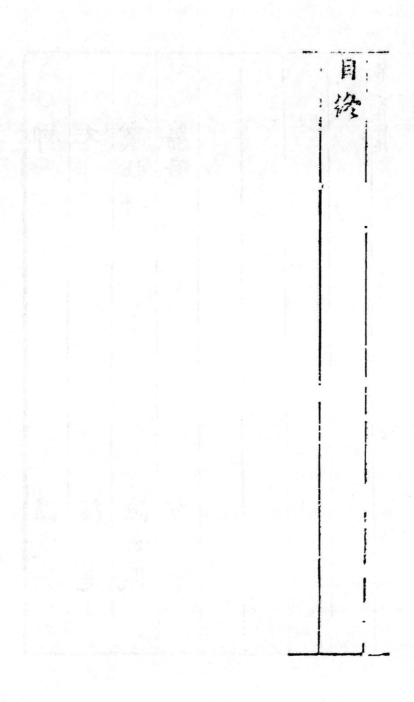

唐詩花卉集

武林楊肇祉君錫甫集選
友人李宇參中三甫校閱

杏花　温庭筠

細雨長安道鶯花正及時莫教風便起滿地濕胭脂

石榴花　孔昭

可惜庭中樹移根逐漢臣只為來時晚開花不

及春

梨花　丘為

冷艷全欺雪餘香乍入衣春風且莫定吹向玉階飛

禁掖梨花　皇甫冉

巧解迎人笑偏能亂蝶飛春風時入戶幾片落朝衣

桃花　元微之

桃花深淺處，似匀深淺粧。春風助腸斷，吹落柏衣裳。

石竹花　皇甫冉

數點空階一，閑凝細雨中。那能久相伴，嗟爾殢秋風。

左掖海棠　王經

閑洒階邊草，輕隨箔外風。黃鶯弄不足，啣向未央宮。

木蘭花　　白居易

嬈妖輕盈態與在楚宮詞。紫房常自歛。口出拆臙脂。

荼蘼花　　孟皓然

一入荼蘼架。無瑕色可挹金風當面來吹。過香。猶襲。

蘭花　　梁宣帝

一折莖聊可佩。入室自成芳。開花不競節。含秀委

微霜

槿花　張文姬

綠樹競扶疎紅姿相照灼不學桃李花亂向春
風落

紅牡丹　崔興宗

綠艷閑且靜紅衣淺復深花心愁欲斷春色豈
知心

斑竹　劉長卿

蒼梧千載後斑竹對湘流欲識湘妃怨枝〻滿淚痕

夜合花

庭外生夜合含露垂頭泣芳容朝巳舒夜來人不識

柳　　雍裕之

嫋〻古堤邊青〻一樹煙若爲絲不斷留取繫郎船

庭竹　　王適

露滌鉛華節，風搖青玉枝。依依似君子，無地不相宜。

紫藤樹　　李白

紫藤掛雲木，花蔓宜陽春。密葉隱歌鳥，香風留美人。

水中蒲　　韓愈

青青水中蒲，長在水中居。寄與浮萍草，相隨我

不如

萍　庚肩吾

風翻暫青紫浪起時疎密本欲嘆無根還驚能有實

又　王摩詰

春池深且廣會待輕舟迴靡靡綠萍合垂楊掃復開

葉　孔德紹

早秋驚葉落。飄零似客心。翻飛未肯下。猶言惜故林。

桂　　盧僎

桂樹生南海。芳香隔遠山。今朝天上見。疑是月中攀。

茱萸　　王摩詰

結實紅且綠。復如花更開。山中儻留客。置此芙容杯。

秋池一株蓮　　弘執恭

秋至皆虛落凌波獨吐紅託根方得所未肯即
隨風

菊　　賈島

九日不出門十日見黃菊灼灼尚繁英美人無
消息

牡丹　　白居易

惆悵階前紅牡丹晚來唯有兩枝殘明朝風起

應吹畫夜昔襄紅把火看

白牡丹　盧綸

長安豪富惜春殘争翫街西紫牡丹別有玉盤承露冷無人起就月中看

又　張又新

牡丹一朶值千金将謂從來色㝡深今日滿闌開似雪一生辜負看花心

紫牡丹　李益

紫蘂蘩開未到家，却教遊客賞繁華。始知年少求名處，滿眼空中別有花。

賞牡丹　　劉禹錫

庭前芍藥妖無格，池上芙容淨少情。惟有牡丹真國色，花開時節動京城。

水芙容　　李嘉佑

水面芙容秋已衰，繁條倒是看花時。平明露滴垂紅臉，似有朝愁暮落悲。

海棠花　　李白

細雨菲菲弄曉寒海棠無力倚欄干想應昨夜
東風惡零落殘紅不耐看

又　　鄭谷

濃淡芳叢滿蜀鄉半隨風雨斷鶯腸浣紗溪上
堪惆悵子美無情為發揚

又　　花蕊夫人

海棠花發盛春天遊賞無時引御筵遶岸結成

紅錦帳暖枝猶拂畫樓船。

蘭　裴度

天產奇葩在空谷、佳人作佩有餘香。自是淡粧人不識。任他紅紫鬬芬芳。

菊　元稹

秋叢舍是陶家。遍繞籬邊日漸斜。不是花中偏愛菊。此花開盡更無花。

十月菊　鄭谷

節去蜂愁蝶不知。曉來還繞折花枝。自緣今日人心別。未必秋來一夜衰。

十姊妹花　　杜甫

纈屛緣屋列成行。淺白深紅別樣粧。却笑姑娘無意緒。只將紅粉鬧兒郎。

水仙花　　前

琢盡扶桑水作肌。冷光真與雪相宜。但從姑射皆仙種。莫道梁家是侍兒。

盤花紫薔薇　　　　　章孝標

真宰偏饒麗景家、當春盤出帶根霞、從開一朵朝衣色、免踏塵埃看雜花。

蜀葵　　　　　陳標

眼前無柰蜀花何、淺紫深紅數百窠、能共牡丹爭幾許、得人輕處祗緣多

黃蜀葵　　　　　薛能

嬌黃新嫩欲、題詩、盡日含毫有所思、記得玉人

初病藥道家粧束厭禳時。

槿花　李商隱

風雨淒淒秋景繁，可憐榮落在朝昏。未央宮裏三千里，但保紅顏莫保恩。

榴花　韓愈

五月榴花照眼明，枝間時見子初成。可憐此地無車馬，顛倒青苔落絳英。

桃花　崔護

去年今日此門中人面桃花相映紅人面祇今何處在桃花依舊笑春風

桃花　王建

樹頭樹底覓殘紅一片西飛一片東自是桃花貪結子都教人恨五更風

百葉桃花　韓愈

百葉桃花晚更紅窺窗映竹見玲瓏應知侍史歸天上故伴仙郎宿禁中

早梅　　戎昱

一樹寒梅白玉條，迥臨村路傍溪橋。不知近水花先發，疑是經冬雪未消。

梅　　杜甫

莫將香色論梅花，毛女而今已出家。老幹瘦枝蒼幾許，揔無花蕚也輸他。

又　　元載妻

南枝向暖北枝寒，一種春風有兩般。憑仗高楼

莫吹笛大家留取倚欄干

又　　薛濤

白玉堂前一樹梅今朝忽見數花開兒家門户
重重閉春色因何入得來

楊花　　李白

樓上江頭坐不歸水晶宫殿展霏微楊花細逐
桃花落黄鳥時兼白鳥飛

杜鵑花　　前人

蜀國曾聞子規鳥，宣城還見杜鵑花、一叫一迴腸一斷、三春三月憶三巴、

玉蘂花　　李益

一樹蘢葱玉刻成。飄廊點地色輕輕。女冠夜覓香來處、惟見階前碎月明。

櫻桃　　陸龜蒙

佳人芳樹雜春蹊。花外烟濛月漸低。幾度艷歌清欲絶。流鶯驚起不成棲。

又　　王建

宮花不與外花同。正月長先一半紅。供御櫻桃看守別，直無鴉鵲入園中。

又　　楊貴妃

二月櫻桃乍熟時。内人相引看紅枝。回頭索取黄金彈，遶樹藏身打雀兒。

木蘭花　　陸龜蒙

洞庭西望眇無津。日日征帆送遠人。幾度木蘭

船上望、不知元是此花身、

槐花　　翁承贊

雨中粧點望中黃句引蟬聲送夕陽憶昔當年隨計吏馬蹄終日為君忙。

小桃　　鄭谷

和煙和雨遮敷水映竹映村連灞橋撩弄春風奈寒冷到頭贏得杏花嬌。

小松　　杜荀鶴

自小刺頭深草裏而今漸覺出蓬蒿時人不識
凌雲木直到凌雲始道高

雙桂　　陳陶

青冥結根易傾倒沃州山中雙樹好琉璃宫殿
無斧聲石上蕭蕭伴儒老

冬青　　趙嘏

碧樹如煙覆晚波清秋欲盡客重過故園亦有
如煙樹鴻雁不來風雨多

蓮葉　鄭谷

移舟水濺差〻綠倚檻風多柄〻香多謝浣沙人莫折雨中留得蓋鴛鴦

柳　趙嘏

拂水斜烟一萬條幾隨春色醉河橋不知別後誰攀折猶自風流勝舞腰

柳絮　薛濤

二月楊花輕復微春風搖蕩惹人衣他家本是

無情物一任南飛又北飛。

楊柳　王維

華清高樹出離宮南陌桑條帶晚風誰見輕陰是良夜瀑泉聲畔月明中。

又　劉禹錫

輕盈嫋娜占年華舞榭粧樓處處遮春晝絮飛留不得隨風好去落誰家。

又　花蘂夫人

蠶春楊柳引長條倚岸沿堤一面高稱與畫船
索錦纜暖風搓出綵絲絛

又　　李紳

千條楊柳拂金絲日暖牽風葉學眉愁見花狂
飛不定還同輕薄五陵兒

曲江春草　　鄭谷

花落江堤簇暖烟雨餘草色遠相連香輪莫輾
青青破留與遊人一醉眠

殘花　　　　張祜

雪暗山橫日欲斜，郵亭下馬看殘花。自從身逐征西府，每到花時不在家。

落花　　　　白居易

漠漠紛紛不柰何，狂風急雨兩相和。晚來悵望君知否，枝上稀踈地上多。

二

可憐夭豔正當時，剛被狂風一夜吹。今日流鶯

來盡處百般言語呢空枝

獨步尋花　杜甫

黄四孃家花滿溪千朶萬朶壓枝低留連戲蝶時ヽ舞自在嬌鶯哈ヽ啼

花　前

不是見花即欲死只恐花盡老相催繁枝容易紛ヽ落嫩蘂商量細ヽ開

二

東望少城花滿煙。百尺高樓更可憐。誰能載酒開金盞。喚取佳人舞繡筵。

梅　杜牧

輕盈照野水。掩斂下瑤臺。妬雪聊相比。欺春不逐來。偶同佳客見。似為凍醪開。若在秦樓畔。堪為弄玉梅。

又　僧齊已

萬木凍欲折。孤根暖獨回。前村深雪裏。昨夜一

枝開風遞幽香出禽啣素艷來明年如應律先發望春樓

雪梅　　盧照隣

梅嶺花初發天山雪未開雪處疑花滿花邊似雪迴因風入舞袖雜粉向粧臺匈奴幾萬里春至不知來

桃花　　唐太宗

禁苑春暉麗花蹊綺樹粧綴條深淺色點露參

晨光向日分千笑迎風共一香如何仙嶺側獨秀隱遥芳

又　李嶠

獨有成蹊處紅桃發井傍含風如笑臉裛露似啼粧隱士顏應改仙人路漸長還欣上林苑千歲奉君王

李花　唐太宗

玉衡流桂圃成蹊正可尋鶯啼密葉外蝶戲脆

花心嚴景光朝彩輕烟散夕陰暫須嘽韋側還
眺靈樹林。

杏花　　　　鄭谷

不學梅欺雪輕紅照碧池小桃新謝後雙燕恰
來時香屬登龍客煙籠宿蝶枝臨軒須貌取風
雨易離披

石榴花　　　　魏彥深

分根金谷裹移植廣庭中新枝含淺綠晚蕚散

輕紅影入環堦水香隨度隙風路遠無由寄徒
貽春閨空

菊花　駱賓王

耀秀三秋晚開芳十步中分香俱笑日含翠共
搖風醉影涵流動浮香隔岸通金危徒可泛玉
斝竟誰同

又　釋無可

東籬搖落後密葉被寒催夾雨驚新折經霜忽

盡開野香盈客袖禁藥泛天杯不共春蘭並悠
揚遠蝶來

又　　　李商隱

暗々淡々紫融々冶々黃陶令籬邊色羅含宅
裏香幾時禁重露實是怯斜陽願泛金鸚鵡昇
君白玉堂

白菊　　　許棠

所向雪霜姿非關落帽期香飄風外別影到月

中移發在林凋後，繁當露冷時。人間稀有此，自古乃無詩。

牡丹　温庭筠

輕陰隔翠幃，宿雨泣晴暉。醉後佳期在，歌餘舊意非。蝶繁輕粉住，蜂柔抱香歸。莫惜薰爐夜，因風到舞衣。

白牡丹　王貞白

穀雨洗纖素，裁為白牡丹。異香開玉合，輕粉泥

銀盤時貯露華濕宵傾月魄寒雀人淡粧羅無

語倚朱欄

芙容　辛德源

洛神挺凝素文君拂艷紅麗質徒相比鮮姿難

兩同光照臨波日香隨出岸風涉江良自遠託

意在無窮

同心芙容　孔德紹

灼〻荷花艷亭〻出水中一莖孤引綠雙影共

分紅色奪歌人臉香亂舞衣風名蓮自可念、兒復两心同、

水林檎花　　鄭谷

一露一朝新薰襛曉景分豔和蜂蝶動香帶管絃聞笑擬春無力粧濃洒漸醺直疑風雨夜飛去替行雲、

黃蜀葵　　崔涯

野欄秋、景晚疎散两三枝嫩蘂淺輕態幽香閒

淡姿露傾金盞小風引道冠欹獨立俏無語清愁人詎知

牡丹　　韓愈

幸自同開俱隱約何須相倚鬬輕盈凌晨併作新妝面對客偏含不語情雙燕無機來拂掠遊蜂多思正經營長年自是皆抛盡今日欄邊暫眼明

又　　温庭筠

水樣晴紅壓疊波曉來金粉覆庭莎裁成艷思
偏應巧分得春光最數多欲綻似含雙靨笑正
繁疑有一聲歌華堂客散簾垂地想凭欄干斂
翠蛾。

又　　　　　　　薛濤

去春零落暮春時淚濕紅箋怨別離常恐便同
巫峽散因何重有武林期傳情每向馨香得不
語還應彼此知只欲欄邊安枕席夜深閑共說

相思。

海棠　楊津

春風用意勻顏色銷得攜觴與賦詩穠麗最宜雙著雨嬌嬈全在欲開時莫愁粉態臨窗懶梁廣丹青點筆遲朝醉暮吟看不足羨他蝴蝶宿深枝。

杏花　温庭筠

杏花初綻雪花繁重疊高低滿小園正見盛時

猶悵望豈堪開處已繽翻情為世累詩千首醉是吾鄉酒一罇杳杳艷歌春日午出墻何處隔朱門

早梅　　杜甫

知訪寒梅過野塘久留金勒為迴腸謝郎衣袖初翻雪荀令薰鑪更換香何處拂胸資蝶粉幾時塗額藉蜂黄維摩一室雖多病要舞天花作道場

又　　鄭谷

江國正寒春信穩嶺頭枝上雪飄飄何言落處堪惆悵直是闌時也寂寥素豔照罇桃莫比孤香粘袖李須饒離人南去腸應斷片片隨鞭過楚橋

紫薇花　　李商隱

一樹濃姿獨看來秋庭暮雨類塵埃不先搖落應有待已欲別離休更開桃綬含情依露井柳

綿相億隔章臺。天涯地角同榮謝。豈要移根上苑栽。

枇杷花　　白居易

深山老去惜年華。況對春溪野枇杷。火樹風來翻絳焰。瓊枝日出晒紅紗。迴看桃李都無色。映得芙蓉不是花。争柰結根深石底。無因移得到人家。

柳　　温庭筠

楊柳千條拂面絲綠烟金縷不勝移香隨靜婉
歌塵起影伴嬌嬈舞袖垂羌管一聲何處曲流
鶯百囀最高枝千門九陌花如雪飛過宮墻兩
不知

又　薛逢

弱植驚風急自傷暮來翻遣思悠揚曾飄綺陌
隨高下敢拂朱欄競短長縈砌乍飛还乍舞撲
池如雪又如霜莫令岐路誰攀折漸擬垂楊到

畫堂。

賣殘牡丹　　　　魚玄機

臨風興嘆落花頻、芳意潛消又一春、應為價高人不問。卻緣香甚蝶難親。紅英只稱生宮裏、翠葉那堪染路塵。及至移根上林苑、王孫方恨買無因。

薔薇　　　　方干

繡難相似畫難成。明媚鮮妍絕比倫。露壓盤條方到地。風吹艷色欲燒春斷霞轉影侵西壁。濃麝分香入四隣。看取後時歸故里。爛花須讓錦衣新。